紅樓夢第七回

送宮花賈璉戲熙鳳　寧國府寶玉會秦鍾

話說周瑞家的送了劉老老去後便上來回王夫人話誰知王夫人不在上房問丫鬟們方知往薛姨媽那邊閒話去了周瑞家的聽說便出東角門至東院往梨香院來剛至院門前只見王夫人的丫鬟金釧兒和那一個纔留了頭的小女孩兒站在臺磯上頑兒見周瑞家的來了便知有話來回因向內努嘴兒周瑞家的輕輕掀簾進去只見王夫人和薛姨媽長篇大套的說些家務人情等話周瑞家的不敢驚動遂進裏間來只見薛寶釵家常打扮頭上只挽着鬢兒坐在炕裏邊伏在小炕几上同

丫鬟鶯兒正描花樣子呢見他進裏來寶釵便放下筆轉身來滿面堆笑讓周姐姐坐周瑞家的也忙陪笑問道姑娘好一面炕沿邊坐了因說這有兩三天也沒見姑娘到那邊逛逛去只怕是你寶兄弟冲撞了你不成寶釵笑道那裏的話只因我那種病又發了兩天所以且靜養兩日周瑞家的道正是呢姑娘到底有什麼病根兒也該趁早請個大夫認真醫治小小的年紀倒作下個病根也不是頑的寶釵聽說笑道再不要提起為這病根也不知請了多少大夫吃了多少藥花了多少錢總不見一點效驗後來還虧了一個禿頭和尚專治無名之病因請他看了他說我這是從胎裏帶來的一股熱毒幸而我先天

結壯還不相干若吃丸藥是不中用的他就說了一個海上方又給了一包末藥作引異香異氣的他說發了時吃一丸就好倒也奇怪這倒效驗些周瑞家的因問道不知是什麽海上方姑娘說了我們也好記著說與人知道倘遇見這樣的病也是行好的事寶釵笑道不問這方兒還好若問這方真真把人瑣碎壞了東西藥料一槩都有限易得的只難得可巧二字要春天開的白牡丹花蕊十二兩夏天開的白荷花蕊十二兩秋天的白芙蓉蕊十二兩冬天的梅花蕊十二兩將這四樣花蕊於次年春分這日晒乾和在末藥一處一齊研好又要雨水這日的天落水十二錢周瑞家的忙笑道噯喲這樣說來這就得三年的工夫倘或雨水這日不下雨可又怎處呢寶釵笑道所以了那裡有這樣可巧的雨也只好再等罷了還要白露這日的露水十二錢霜降這日的霜十二錢小雪這日的雪十二錢把這四樣水調勻和了龍眼大的丸子盛在舊磁罈內埋在花根底下若發了病時拿出來吃一丸用十二分黃柏煎湯送下周瑞家的聽了笑道阿彌陀佛真巧死了人等十年都未必這樣巧呢寶釵道竟好自他說了去後一二年間可巧都得了好容易配成一料如今從南帶至北現埋在梨花樹下周瑞家的又道這藥本有名字沒有呢寶釵道有這也是那癩和尚說下的叫作冷香丸周瑞家的聽了點頭兒因又說這病發了時到

底覺怎樣寶釵道也不覺什麼只不過喘嗽些吃一丸也就罷了周瑞家的還要說話時忽聽王夫人問道誰在裡頭周瑞家的忙出去答應了便囘了劉老老之事略待半刻見王夫人無話方欲退出去薛姨媽忽又笑道你且站住我有一種東西你帶了去罷說著便叫香菱簾櫳响處纔和金釧兒頑的那個小丫頭進來了問奶奶叫我做什麼薛姨媽道把那匣子裡的花兒拿來香菱答應了向那邊捧了個小錦匣兒來薛姨媽道這是宮裡頭作的新鮮花樣兒堆紗花十二支昨兒我想起來白放著可惜舊了何不給他們姊妹們戴去昨兒要送去偏又忘了你今兒來得巧就帶了去罷你家的三位姑娘每位二支下剩六支送林姑娘二支那四支給鳳姐兒罷王夫人道留著給寶丫頭戴也罷了又想著他們薛姨媽道姨媽不知寶丫頭古怪呢他從來不愛這些花兒粉兒的說著周瑞家的拿了匣子走出房門見金釧兒仍在那裡晒日陽周瑞家的因問他道那香菱小丫頭子可就是時常說的臨上京時買的爲他打人命官司的那個小丫頭子金釧道可不就是他正說著只見香菱笑嘻嘻的走來周瑞家的便拉了他的手細細的看了一囘因向金釧兒笑道這個模樣兒竟有些像偺們的東府裡蓉大奶奶的品格釧笑道我也是這麼說呢周瑞家的又問香菱你幾歲投身到這裡又問你父母今在何處今年十幾歲了本處是

那處人香菱聽問搖頭說不記得了周瑞家的和金釧兒聽了倒反爲歎息感傷一回一時周瑞家的攜花至王夫人正房後原來近日賈母說孫女們太多一處擠著倒不便只留寶玉黛玉二人在這邊解悶却將迎春探春惜春三人移到王夫人這邊房後三間抱厦內居住令李紈陪伴照管如今周瑞家的故順路先往這裡來只見幾個小丫頭兒都在抱厦內聽呼喚默坐迎春丫環司棋與探春的丫環侍書二人正掀簾子出來手裡都捧著茶盤茶鍾周瑞家的便知他姊妹在一處坐著也進入內房只見迎春探春二人正在窗下圍棋周瑞家的將花送上說明原故他二人忙住了棋都欠身道謝命丫鬟們收了周

瑞家的答應了因說四姑娘不在房裡只怕在老太太那邊呢丫鬟們道在那屋裡不是周瑞家的聽了便往這邊屋裡來只見惜春正同水月庵的小姑子智能兩個一處頑笑見周瑞家的進來惜春便問他何事周瑞家的便將花匣打開說明原故惜春笑道我這裡正和智能兒說我明兒也剃了頭同他作姑子去可巧兒又送了花來若剃了頭却把這花戴在那裡說着大家取笑一回惜春命丫鬟入畫來收了周瑞家的因問智能你是什麼時候來的你師父那禿歪刺那裡去了智能道我們一早就來了我師父見過太太就往于老爺府裡去了叫我在這裡等他呢周瑞家的又道十五的月例香供銀子可得了没

有智能道不知道惜春聽了便問周瑞家的如今各廟月例銀子是誰管着周瑞家的道是余信管着惜春聽了笑道這就是了他師父一來了余信家的就赶上來和他師父咕唧了半日想就是為這事了那周瑞家的又和智能兒嘮叨了一回便往鳳姐處來穿夾道從李紈後窗下越過西花墻出西角門進入鳳姐院中走至堂屋只見小丫頭豐兒坐在鳳姐的房門檻上見周瑞家的來了連忙擺手兒叫他往東屋裡去周瑞家的會意忙的躡手躡腳的往東邊房裡來只見奶子拍着大姐兒睡覺呢周瑞家的悄問奶子姐兒睡中覺呢也該請醒了奶子搖頭兒正問着只聽那邊一陣笑聲却有賈璉的聲音接着房門响處平兒拿着大銅盆出來叫豐兒舀水進去平兒便進這邊來一見了周瑞家的便問你老人家又來作什麼周瑞家的忙起身拿匣子與他說送花來平兒聽了便打開匣子拿了四支轉身去了半刻工夫手裡拿出兩支來先叫彩明來吩咐他送到那邊府裡給小蓉大奶奶戴次後方命周瑞家的回去道謝周瑞家的這纔往賈母這邊來過了穿堂頂頭忽見他的女兒打扮着纔從他婆家來周瑞家的忙問你這會子跑來作什麼他女兒說媽一向身上好我在家裡等了這半日媽竟不出去什麼事情這樣忙的不回家我等煩了自已先到了老太太跟前請了安了這會子請太太安去媽還有什麼不了的差事手

裡是什麼東西周瑞家的笑道噯今兒偏生來了個劉老老我自己多事為他跑了半日這會子被姨太太看見了叫送這幾支花兒與姑娘奶奶們這會子還沒送完呢你這會子來一定有什麼事情的他女兒笑道你老人家到會猜着實對你老人家說你女婿因前兒多吃了幾杯酒和人分爭起來不知怎的被人放了一把邪火說他來歷不明告到衙門裡要遞解還鄉所以我來和你老人家商議商議這個情分求那一個可了事周瑞家的聽了道我就知道的這有什麼大不了的你且家去等我送這林姑娘的花兒去了就回家來此時太太二奶奶都不得閒兒你回去等我這有什麼忙的他女兒聽說便回去

了還說媽好歹快來周瑞家道的道了小人兒家沒經過什麼事的就急得這樣的說着便到黛玉房中去了誰知此時黛玉不在自己房裡却在寶玉房中大家解九連環作戲周瑞家的進來笑道林姑娘姨太太着我送花來與姑娘戴寶玉聽說便說什麼花拿來與我看一面便伸手接過來了開匣看時原來是兩支宮製堆紗新巧的假花黛玉只就寶玉手中看了一看便問道還是单送我一人還是別的姑娘們都有的周瑞家的道各位都有了這兩支是姑娘的了黛玉冷笑道我就知道別人不挑剩下的也不給我周瑞家的聽了一聲兒不言語寶玉問道周姐姐你作什麼到那邊去了周瑞家的因說太太在那

裡我回話去了姨太太就順便叫我帶來的寶玉道寶姐姐在家裡作什麼呢怎麼這幾日也不過來周瑞家的道身上不大好呢寶玉聽了便和丫頭們說誰去瞧瞧就說我和林姑娘打發來問姨娘姐姐安問姐姐是什麼病吃什麼藥論理我該親自來的就說纔從學裡回來也着了些凉改日再親來說着茜雪便答應去了周瑞家的自去無話原來周瑞家的女壻便是雨村的好友冷子興近日因賣古董和人打官司故叫女人來討情分周瑞家的仗着主子的勢把這些事也不放在心上晚間只求求鳳姐兒便完了至掌燈時鳳姐已卸了粧來見王夫人回說今兒甄家送來的東西我已收了偺們送他的趁着他

家有年下送鮮的船交給他帶了去了王夫人點點頭鳳姐又道臨安伯老太太生日的禮已經打點了太太派誰送去王夫人道你瞧誰閒着叫四個女人去就完了又來問我鳳姐又道今日珍大嫂子來請我明日去逛逛明日有沒有什麼事王夫人道有事沒事都害不着什麼每常他來請有我們你自然不便他既不請我們单請你可知是他誠心叫你散淡散淡別辜負了他的心倒該過去走走纔是鳳姐答應了當下李紈迎探等姊妹們亦各定省畢各歸房無話次日鳳姐梳洗了先回王夫人畢方來辭賈母寶玉聽了也要逛去鳳姐只得答應着立等換了衣裳姐兒兩個坐了車一時進入寧府早有賈珍之妻

尤氏與賈蓉之妻秦氏婆媳兩個引了多少侍妾丫鬟等接出儀門那尤氏一見了鳳姐必先嘲笑一陣一手攜了寶玉同入上房來歸坐秦氏獻茶畢鳳姐便說你們請我來作什麽拿什麽東西來孝敬就獻上來我還有事呢尤氏秦氏未及答應幾個媳婦們先笑道二奶奶今日不來就罷既來了就依不得你了二奶奶正說着只見賈蓉進來請安寶玉因問大哥哥今日不在家麽尤氏道今日出城請老爺爺安去了又道可是你怪悶的坐在這裡何不出去逛逛秦氏笑道今日可巧上回寶叔要見我兄弟今兒也在這裡想在書房裡寶叔何不去瞧一瞧寶玉便下炕要走尤氏便吩咐人小心跟着別委曲着他倒比

不得跟着老太太過來就罷了鳳姐道既這麽着何不請進這小爺來我也見見難道我是見不得他的尤氏笑道罷罷可以不必見他比不得偺家的孩子們胡打海摔慣了的人家的孩子都是斯斯文文慣了的不象你這潑辣貨形像倒要被你笑話死了呢鳳姐笑道我不笑話就罷竟叫快領去賈蓉道他生得腼腆沒見過大陣仗兒嬸子見了沒得生氣鳳姐啐道他是哪吒我也要見一見別放你娘的屁了再不帶來給你一頓好嘴巴子賈蓉笑道我不敢強就帶他來一會兒果然帶了一個小後生來較寶玉略瘦些眉清目秀粉面朱唇身材俊俏舉止風流似在寶玉之上只是怯怯羞羞有女兒之態腼腆含糊

的向鳳姐作揖問好鳳姐喜的先推寶玉笑道比下去了便探
身一把攜了這孩子的手就命他身傍坐下慢慢問他年紀讀
書等事方知他學名叫秦鍾早有鳳姐跟的丫鬟媳婦們看見
鳳姐初見秦鍾並未備得表禮來遂忙過那邊去告訴平兒平
兒素知鳳姐與秦氏厚密遂自作主意拿了一疋尺頭兩個狀
元及第的小金錁子交付來人送過去鳳姐還說太簡薄些秦
氏等謝畢一時吃過了飯尤氏鳳姐秦氏等抹骨牌不在話下
寶玉秦鍾二人隨便起坐說話那寶玉自一見秦鍾人品心中
便有所失痴了半日自已心中又起了獃意乃自思道天下竟
有這等的人物如今看了我竟成了泥猪癩狗了可恨我爲什

麽生在這侯門公府之家若也生在寒儒薄宦之家早得與他
交接也不枉生了一世我雖比他尊貴可知綾錦紗羅也不過
裹了我這枯株朽木羊羔美酒也只不過填了我這糞窟泥溝
富貴二字不啻遭我荼毒了秦鍾自見寶玉形容出衆舉止不
浮更兼金冠繡服艷婢嬌童果然怨不得人人溺愛他可恨我
偏生於清寒之家那能與他交接可知貧富二字限人亦世界
上大不快事二人一樣的胡思亂想寶玉又問他讀什麽書秦
鍾見問便依實而答二人你言我語十來句後越覺親密起來
一時擺上茶菓吃茶寶玉便說我們兩個又不吃酒把菓子擺
在裡間小炕上我們那裡坐去省得鬧你們於是二人進裡間

來吃茶秦氏一面張羅與鳳姐擺菓酒一面忙進來囑寶玉道寶叔你姪兒年小倘或言語不防頭你千萬看着我不要採他他雖靦腆却性子左強不大隨和些是有的寶玉笑道你去罷我知道了秦氏又囑了他兄弟一回方去陪鳳姐一時鳳姐尤氏又打發人來問寶玉要吃什麽外面有只管要去寶玉只答應着也無心在飲食間只問秦鍾近日家務等事秦鍾因言業師於去歲辭館家父年紀老了殘疾在身公務繁冗因此尚未議及延師目下不過在家温習舊課而已再讀書一事也必須有一二知已為伴時常大家討論纔能進益寶玉不待說完便道正是呢我們家却有個家塾合族中有不能延師的便可入

塾讀書親戚子弟可以附讀我因上年業師回家去了也現荒廢着家父之意亦欲暫送我去且温習着舊書待明年業師上來再各自在家亦可家祖母因說一則家學裏子弟太多生恐大家淘氣反不好二則也因我病了幾天遂暫且就擱着如此說來尊翁如今也為此事懸心今日回去何不禀明就在我們這敝塾中來我亦相伴彼此有益豈不是好事秦鍾笑道家父前日在家提起延師一事也曾提起這裡的義學倒好原要來和這裡的親翁商議引薦因這裡又有事忙不便為這點小事來聒絮的寶叔果然度小姪或可磨墨滌硯何不速速的作成彼此不致荒廢又可以常相談聚又可以慰父母之心又可以

得朋友之樂豈不美事寶玉道放心放心偺們回來先告訴你姊夫姐姐和璉二嫂子今日你回家就稟明令尊我回去稟明了祖母再無不速成之理二人計議已定那天氣已是掌燈時分出來又看他們頑了一回牌筭賬時却又是秦氏尤氏二人輸了戲酒的東道言定後日吃這東道一面又吃了晚飯因天黑了尤氏說派兩個小子送了秦相公家去媳婦們傳出去半日秦鍾告辭起身尤氏問派誰送去媳婦們回說外頭派了焦大誰知焦大醉了又罵呢尤氏秦氏都道偏又派他作什麼那個小子派不得偏又惹他鳳姐道成日家說你太軟弱了縱得家裡人這樣還了得呢尤氏道你難道不知這焦大的連老爺

都不理他的你珍大哥哥也不理他因他從小兒跟着太爺出過三四回兵從死人堆裡把太爺背了出來得了命自已挨着餓却偷了東西給主子吃兩日沒水得了半碗水給主子吃他自已喝馬溺不過仗着這些功勞情分有祖宗時都另眼相待如今誰肯難爲他他自已又老了又不顧體面一味的好酒喝醉了無人不駡我常說給管事的以後不要派他差使只當他是個死的就完了今兒又派了他鳳姐道我何曾不知這焦大到底是你們沒主意何不遠遠的打發他到庄子上去就完了說着因問我們的車可齊備了衆媳婦們說伺候齊了鳳姐也起身告辭和寶玉攜手同行尤氏等送至大廳口見燈火輝煌

衆小厮都在丹墀侍立那焦大又恃賈珍不在家因趂着酒興先罵大總管賴二說他不公道欺軟怕硬有好差使派了别人這樣黑更半夜送人就派我沒良心的忘八羔子瞎充管家你也不想想焦大太爺蹺起一隻腿比你的頭還高些二十年頭裡的焦大太爺眼裡有誰别說你們這一把子的雜種們正罵得興頭上賈蓉送鳳姐的車出來衆人喝他不住賈蓉忍不得便罵了幾句叫人綑起來等明日酒醒了問他還尋死不尋死那焦大那裡有賈蓉在眼裡反大叫起來趕着賈蓉叫蓉哥兒你别在焦大跟前使主子性兒别說你這樣兒的就是你爹你爺爺也不敢和焦大挺腰子呢不是焦大一個人你們作官兒

享榮華受富貴你祖宗九死一生掙下這個家業到如今不報我的恩反和我充起主子來了不和我說别的還可再說别的偺們白刀子進去紅刀子出來鳳姐在車上說與賈蓉還不早些打發了沒王法的東西留在家裡豈不是害親友知道豈非笑話偺們這樣的人家連個規矩都沒有賈蓉答應是了衆人見他太撒野只得上來了幾個揪番綑倒拖往馬圈裡去焦大益發連賈珍都說出來亂嚷亂叫說要往祠堂裡哭太爺去那裡承望到如今生下這些畜生來每日偷狗鷄戲爬灰的爬灰養小叔的養小叔子我什麼不知道偺們胳膊折了往袖子裡藏衆小厮見他說出來的話有天沒日的唬得魂飛魄喪便把

他綑起來用土和馬糞滿滿的填了他一嘴鳳姐和賈蓉也進
進聽得都粧作不聽見寶玉在車上聽見因問鳳姐道姐姐你
聽他說爬灰的爬灰是什麽鳳姐連忙喝道少胡說那是醉漢
嘴裡胡唚你是什麽樣的人不說不聽見還倒細問等我回了
太太仔細搥你不搥你唬得寶玉連忙央告好姐姐我再不敢
說這些話了鳳姐哄他道好兄弟這纔是等回去偺們回了老
太太打發人家學裡說明了請了秦鍾家學裡念書去要緊說
着自回榮府而來要知端的且聽下回分解

紅樓夢第七回終

紅樓夢第八回

賈寶玉奇緣識金鎖　薛寶釵巧合認通靈

話說寶玉和鳳姐回家見過衆人寶玉便回明賈母要秦鍾上家塾之事自己也有個伴讀的朋友正好發憤又着實稱贊秦鍾的人品行事最使人憐愛鳳姐又在一旁帮着說改日秦鍾還來拜老祖宗哩說得賈母喜悅起來鳳姐又趁勢請賈母後日過去看戲賈母雖年高却極有興頭至後日尤氏來請遂携了王夫人林黛玉寶玉等過去看戲至晌午賈母便回來歇息了王夫人本是好清淨的見賈母回來也就回來了然後鳳姐坐了首席盡歡至晚而罷却說寶玉送賈母回來待賈母歇了

中覺竟欲還去看戲又恐擾的秦氏等人不便因想起寶釵近日在家養病未去親候意欲去望他若從上房後角門過去又恐遇見別事纏繞又恐遇他父親更爲不安寧可遶遠路而去當下衆嬤嬤丫鬟伺候他換衣服見不換仍出二門去了衆嬤嬤丫鬟只得跟隨出來還只當他去那邊府中看戲誰知到了穿堂便向東向北遶廳後而去偏頂頭遇見了門下清客相公詹光單聘仁二人走來一見了寶玉便都趕上來笑着一個抱住腰一個携着手都道我的菩薩哥兒我說做了好夢呢好容易遇見了你說着請了安又問好勞叨了半日纔走開老嬤叫住因問你二位爺是往老爺跟前來的不是他二人點頭道老

爺在夢坡齋小書房裡歇中覺呢不妨事的一回說一回走了說的寶玉也笑了於是轉灣向北奔梨香院來可巧銀庫房的總領名喚吳新登與倉上的頭目名戴良還有几個管事的頭目共七個人從賬房裡出來一見寶玉趕來都一齊垂手站立獨有一個買辦名喚錢華因他多日未見寶玉忙上來打千兒請寶玉的安寶玉忙含笑拉他起來衆人都笑說前兒在一處看見二爺寫的斗方兒字法越發好了多早晚賞我們幾張貼貼寶玉笑道在那處看見了衆人道好幾處都有都稱讚的了不得還和我們尋呢寶玉笑道不值什麼你們說給我的小么兒們就是了一面說一面前走衆人待他過去方都各自散了

閒言少述且說寶玉來至梨香院中先入薛姨娘屋中來見薛姨媽打點針黹與丫嬛們呢寶玉忙請了安薛姨媽忙一把拉住了他抱入懷中笑說這麽冷天我的兒難為你想着來快上炕來坐着罷命人到滾滾的茶來寶玉因問哥哥不在家薛姨媽歎道他是沒籠頭的馬天天逛不了那里肯在家一日寶玉道姐姐可大安了薛姨媽道可是呢你前兒又想着打發人來瞧他他在裡間不是你去瞧他那裡比這裡暖和你那裡坐着我收拾收拾就進來和你說話兒寶玉聽了忙下炕來至裡間門前只見吊着半舊的紅紬軟簾寶玉掀簾一步進去先就看見寶釵坐在炕上作針線頭上挽着黑漆油光的鬢兒蜜合色

棉襖玫瑰紫二色金銀鼠比肩褂葱黃綾棉裙一色半新不舊看去不覺奢華唇不點而紅眉不畫而翠臉若銀盆眼如水杏罕言寡語人謂裝愚安分隨時自云守拙寶玉一面看一面問姐姐可大愈了寶釵抬頭只見寶玉進來連忙起身含笑答道已經大好了多謝記掛着說着讓他在炕沿上坐了卽令鶯兒倒茶來一面又問老太太姨娘安又問別的姊妹們好一面看寶玉頭上戴着纍絲嵌寶紫金冠額上勒着二龍捧珠金抹額身上穿着秋香色立蟒白狐腋箭袖繫着五色蝴蝶鸞縧項上掛着長命鎖記名符另外有那一塊落草時啣下來的寶玉寶釵因笑說道成日家說你的這玉究竟未曾細細的賞鑒我今

兒倒要瞧瞧說着便挪近前來寶玉亦湊了上去從項上摘了下來遞在寶釵手內寶釵托在掌上只見大如雀卵燦若明霞瑩潤如五色酥花紋纏護看官們須知道這就是大荒山中青埂峯下的那塊頑石幻相後人曾有詩嘲云

女媧煉石已荒唐　又向荒唐演大荒
失去幽灵真境界　幻來新就臭皮囊
好知運敗金無彩　堪歎時乖玉不光
白骨如山忘姓氏　無非公子與紅妝

那頑石亦曾記下他這幻相並癩僧所鐫的篆文今亦按圖畫于後但其眞体最小方從胎中小兒口中啣下今若按其體畫

恐字跡過于微細使觀者大廢眼光亦非暢事故按其形式無非略展放些使觀者便于燈下醉中可閱今註明此故方不至以胎中之兒口有多大怎得啣此狼犺蠢大之物爲誚

通靈寶玉正面

通靈寶玉

莫失莫忘

仙壽恒昌

通靈寶玉反面

一除邪祟

二療冤疾

三知禍福

寶釵看畢又從先翻過正面來細看口裡念道莫失莫忘仙壽恒昌念了兩遍乃回頭向鶯兒笑道你不去倒茶也在這裡發獃作甚麼鶯兒嘻嘻的笑道我聽這兩句話到像和姑娘項圈上的兩句話是一對兒寶玉聽了忙笑道原來姐姐那項圈上也有八個字我也賞鑒賞鑒寶釵道你別聽他的話沒有什麼字寶玉央道好姐姐你怎麼瞧我的呢寶釵被他纏不過因說道也是個人給了兩句吉利話兒鏨上了所以天天帶着不然沉甸甸的有什麼趣兒一面說一面解了排扣從裡面大紅襖上將那珠寶晶瑩黃金燦爛的瓔珞摘將出來寶玉忙托着鎖看時果然一面有四個字兩面八個字共成兩句吉讖亦曾按

冷落也不至太熱鬧姐姐如何不解這意思寶玉因見他外面罩着大紅羽緞對衿褂子因問下雪了麼地下婆子們說下了這半日了寶玉道取了我的斗蓬來黛玉便笑道是不是我來了他就該去了寶玉道我何曾說要去不過拿來預備着寶玉的奶母李嬷嬷因說道天又下雪也要看早晚的就在這裡和姐姐妹妹一處頑頑罷姨媽那裡擺茶菓呢我叫丫頭去取了斗蓬來說給小么兒們散了罷寶玉應了李嬷嬷出去命小厮們都散了這裡薛姨媽已擺了幾樣細巧茶菓留他們吃茶寶玉因誇前日在那邊府裡珍大嫂子的好鵝掌鴨信薛姨媽連忙把自己糟的取來與他嚐寶玉笑道這個須就酒方好薛姨媽便命人灌了上等的酒來李嬷嬷便上來道姨太太酒倒罷了寶玉笑央道媽媽我只吃一杯李嬷嬷道不中用當着老太太太太那怕你吃一罈呢想那日我眼錯不見一會不知是那個没調教的只圖討你的好給了你一口酒吃葬送得我挨了兩日的罵姨太太不知他性子又可惡吃了酒更弄性有一日老太太高興又儘着他吃什麼日子又不許他吃何苦我白賠在裡面薛姨媽笑道老貨你只管放心吃你的去我也不許他吃多了便是老太太問有我呢一面命小丫頭來讓你奶奶去也吃一杯搪搪寒氣那李嬷嬷聽如此說只得且和衆人吃酒去這裡寶玉又說不必燙煖了我只愛吃冷的薛姨媽道這可使不

得吃了冷酒寫字手打顫兒寶釵笑道寶兄弟虧你每日家雜學旁收的難道就不知道酒性最熱若熱吃下去發散的就快若冷吃下去便凝結在內五臟去煖他豈不受害從此還不改了快不要吃那冷的了寶玉聽這話有情理便放下冷的令人湯來方飲黛玉磕着爪子兒只管抿着嘴笑可巧黛玉的丫鬟雪雁走來與黛玉送小手爐黛玉因含笑問他說誰叫你送來的難爲他費心那里就冷死了我雪雁道紫鵑姐姐怕姑娘冷叫我送來的黛玉一面接了抱在懷中笑道也虧你倒聽他的話我平日和你說的全當耳旁風怎麼他說了你就依比聖旨還快些寶玉聽這話知是黛玉借此奚落他也無回覆之詞只

嘻嘻的笑一陣罷了寶釵素知黛玉是如此慣了的也不去採他薛姨媽因道你素日身子單弱禁不得冷的他們記掛着你倒不好黛玉笑道姨媽不知道幸虧是姨媽這裡倘或在別人家豈不要惱的難道看得人家連個手爐也沒有巴巴兒的從家里送個手爐來不說丫頭們太小心還只當我素日是這等輕狂慣了呢薛姨媽道你是個多心的有這樣想我就沒有這些心說話時寶玉巳是三杯過去了李嬤嬤又上來攔阻寶玉正在個心甜意洽之時又兼姊妹們說說笑笑的那裡肯不吃只得屈意央告好媽媽我再吃兩杯就不吃了李嬤嬤道你可仔細今兒老爺在家隄防着問你的書寶玉聽了此話便心中

面來至自己卧室只見筆墨在案晴雯先接出來笑道好好叫我研了墨早起高興只寫了三個字丢下筆就走了哄我等了這一天快來給我寫完了這些墨纔罷寶玉方纔想起早起的事來因笑道我寫的那三個字在那里呢晴雯笑道這個人可醉了你頭裡過那府裡去囑咐我貼在門斗兒上的我生怕別人貼壞了親自爬高上梯貼了半日這會兒還凍得手僵呢寶玉笑道我忘了你手冷我替你握着便伸手携着晴雯的手同看門斗上新寫的三個字一時黛玉來了寶玉笑道好姐姐你別撒謊你看這三個字那一個好黛玉仰頭看見是絳芸軒三字笑道個個都好怎麼寫得這樣好法明兒也替我寫個匾寶

玉笑道又哄我呢說着又問襲人姐姐呢晴雯向裡間炕上努嘴寶玉看時只見襲人和衣睡着寶玉笑道好太睡早了些又問晴雯道今兒我那邊吃早飯有一碟兒豆腐皮的包子我想着你愛吃和珍大嫂子說了只說我留着晚上吃叫人送過來的你可曾見麼晴雯道快別提了一送來我便知道是我的偏纔吃了飯就擱在那里後來李奶奶來了看見說寶玉未必吃了拿去給我孫子吃罷就叫人送了家去了正說着茜雪捧上茶來寶玉還讓林妹妹吃茶衆人笑道林姑娘早走了還讓呢寶玉吃了半盞茶忽又想起早晨的茶來因問茜雪道早起斟了一碗楓露茶我說過那茶是三四次後出色的這會子怎麼

又斟上這個茶來茜雪道我原是留着的那會子李奶奶來了吃了去寶玉聽了將手中杯子順手往地下一擲豁瑯一聲打個粉碎潑了茜雪一裙子又跳起來問着茜雪道他是你那一門子的奶奶你們這樣孝敬他不過是我小時候吃過他幾日奶罷了如今慣的比祖宗還大攆了出去大家干淨說着立刻便要去回賈母攆他乳母原來襲人寔未睡着不過是故意妝睡引寶玉來慪他頑耍先聞得說字問包子等也還可以不必起來後來摔了茶鍾動了氣遂連忙起來解釋勸阻早有賈母遣人來問是怎麼了襲人忙道我纔倒茶來被雪滑倒了失手砸了鍾子一面又勸寶玉道你立意要攆他也好我們都願意

出去不如趁勢連我們一齊攆了我們也好你也不愁沒有好的來伏侍你寶玉聽了方無言語被襲人等扶至炕上脫了衣裳不知寶玉口內還說些什麼只覺口齒纏綿眉眼愈加餳澁忙伏侍他睡下襲人摘下那通靈寶玉來用手帕包好塞在褥子下次日帶時便冰不着脖子那寶玉到枕就睡着了彼時李嬤嬤等已進來了聽見醉了也就不敢上前只悄悄的打聽睡了方放心散去次日醒來就有人回那邊小蓉大爺帶了秦鍾來拜寶玉忙接出去領了拜見賈母賈母見秦鍾形容標緻舉止溫柔堪陪寶玉讀書心中十分歡喜便留茶留飯又命人帶去見王夫人等衆人因愛秦氏見了秦鍾是這樣人品也都歡

喜臨去時都有表禮賈母又與了一個荷包並一個金魁星取文星和合之意又囑咐他道你家住的遠或一時寒熱不便只管住在我這裡只和你寶叔在一處別跟着那不長進的東西們學秦鍾一一的答應回家稟知他父親他父親秦邦業現任營繕郎年近七旬夫人早亡因當年無兒女便向養生堂抱了一個兒子並一個女兒誰知兒子又死了只剩女兒小名喚可兒長大時生得形容嬝娜性格風流因素與賈家有些瓜葛故結了親秦邦業五旬之上方得了秦鍾因去歲業師回南在家温習舊課正要與賈親家商議附往他家塾中去可巧遇見寶玉這個機會又知賈家塾中司塾的乃賈代儒現今之老儒秦

鍾此去可望學業進益從此成名因十分喜悅只是宦囊羞澁那邊都是一雙富貴眼睛少了拿不出來兒子的終身大事說不得東併西湊恭恭敬敬封了二十四兩贄見禮帶了秦鍾到代儒家來拜見然後聽寶玉揀的好日子一同入塾塾中鬧事如何下回分解

紅樓夢第八回終

政回家早正在書房中與相公凊客們閒話忽見寶玉進來請安回說上學裡去賈政冷笑道你如提果再上學兩個字連我也羞死了依我的話你竟頑你的去是正經仔細站髒了我這地靠髒了我這門衆凊客相公們都起身笑道老世翁何必如此今日世兄一去二三年就可顯身成名的了斷不似往年仍作小兒之態的天也將飯時世兄竟快請罷說便有兩個年老的攜了寶玉出去賈政因問跟寶玉的是誰只聽見外面答應了一聲早進來三四個大漢打千兒請安賈政看時認得寶玉奶姆之子名喚李貴的因向他道你們成日家跟他上學他到底念了些什麼書倒念了些流言混語在肚子裡學了些精緻

的淘氣等我閒一閒先揭了你的皮再和那不長進的算賬嚇的李貴忙雙膝跪下摘了帽子碰頭連連答應是又回說哥兒已念到第三本詩經什麼攸攸鹿鳴荷葉浮萍小的不敢撒謊說的滿座閧然大笑起來賈政也掌不住笑了因說道那怕再念三十本詩經也都是掩耳盜鈴哄人而已你去請學裡太爺的安就道我說的什麼詩經古文一槩不用虛應故事只是先把四書一齊講明背熟是最要緊的李貴忙答應是見賈政無話方退出去此時寶玉獨站在院外屏聲靜候待他們出來便同走了李貴等一面撣衣服一面說道哥兒可聽見了不曾先要揭我們的皮呢人家的奴才跟主子賺些好體面我們這些

是本族子弟與些親戚家的子姪俗語說的好一龍九種種各別未免人多了就有龍蛇混雜下流人物在內自秦寶二人來了都生的花朶兒一般的模樣又見秦鍾腼腆溫柔未語先紅怯怯羞羞有女兒之風寶玉又是天生成慣能作小服低賠身下氣性情體貼話語纏綿因此二人又這般親厚也怨不得那起同窗人起了嫌疑之念背地裡你言我語詬誶謠諑佈滿書房內外原來薛蟠自來王夫人處住後便知有一家學學中廣有青年子弟偶動了龍陽之興因此也假說了來上學不過是三日打魚兩日晒網白送些束修禮物與賈代儒却不曾有一些進益只圖結交些契弟誰想這學內的小學生圖了薛蟠的銀錢穿吃被他哄上手的也不消多記又有兩個多情的小學生亦不知是那一房的親眷亦未考真姓名只因生得嫵媚風流滿學中都送了兩個外號一叫香憐一叫玉愛雖係都有竊慕之意將不利于孺子之心只是都懼薛蟠的威勢不敢來沾惹如今秦寶二人一來了見了他兩個亦不免繾綣羨愛亦皆知係薛蟠相知故未敢輕舉妄動香玉二人心中一般的留情與秦寶因此四人心中雖有情意只未發迹每日一入學中四處各坐却八目勾留或設言托意或詠桑寓柳遙以心照却外面自爲避人眼目不料偏又有幾個滑賊看出形景來都背後擠眉弄眼或咳嗽揚聲這也非止一日可巧這日代儒有事

事回家只留下一句七言對聯令學生對了明日再來上書將學中之事又命長孫賈瑞管理妙在薛蟠如今不大上學應卯了因此秦鍾趂此和香憐弄眉擠眼二人假出小恭走至後院說話秦鍾先問他家裡的大人可管你交朋友不管一語未了只聽見背後咳嗽了一聲二人唬的忙回顧時原來是窗友名金榮的香憐本有些性急便羞怒相激問他道你咳嗽什麽難道不許我們說話不成金榮笑道許你們說話難道不許我咳嗽不成我只問你們有話不分明說許你們這樣鬼鬼祟祟的幹什麽故事我可也拿住了還賴什麽先讓我抽個頭兒咱們一聲兒不言語不然大家就翻起來秦香二人就急得飛紅的

臉便問道你拿住什麽了金榮笑道我現拿住了是眞的說着又拍着手笑嚷道貼得好燒餅你們都不買一個吃去秦鍾香憐二人又氣又急忙進來向賈瑞前告金榮說金榮無故欺負他兩個原來這賈瑞最是個圖便宜沒行止的人每在學中以公報私勒索子弟們請他後又助着薛蟠圖些銀錢酒肉一任薛蟠橫行霸道他不但不去管約反助紂爲虐討好兒偏那薛蟠本是浮萍心性今日愛東明日愛西近來有了新朋友把香玉二人丢開一邊就連金榮也是當日的好友自有了香玉二人便見棄了金榮近日連香玉亦已見棄故賈瑞也無了提携幫襯之人不怨薛蟠得新厭故只怨香玉二人不在薛蟠前提

攜了因此賈瑞金榮等一干人也正醋妬他兩個今見秦香二人來告金榮賈瑞心中便不自在起來雖不敢呵叱秦鍾却拿着香憐作法反說他多事着實搶白了幾句香憐反討了沒趣連秦鍾也訕訕的各歸坐位去了金榮越發得了意搖頭咂嘴的口內還說許多閒話玉愛偏又聽了兩個人隔坐咕咕唧唧的角起口來金榮只一口咬定說方纔明明的撞見他兩個在後院裡親嘴摸屁股兩個商議定了一對兒論長道短之言只顧得志亂說却不防還有別人誰知早又觸怒了一個人你道這一個人是誰原來這人名喚賈薔亦係寧府中之正派玄孫父母早亡從小兒跟着賈珍過活如今長了十六歲比賈蓉生

得還風流俊俏他兄弟二人最相親厚常共起居寧府中人多口雜那些不得志的奴僕耑能造言誹謗主人因此不知又有什麼小人詬誶謠諑之辭賈珍想亦風聞得些口聲不好自已也要避些嫌疑如今竟分與房舍命賈薔搬出寧府自已立門戶過活去了這賈薔外相既美內性又聰敏雖然應名來上學亦不過虛掩眼目而已仍是鬬雞走狗賞花閱柳為事上有賈珍溺愛下有賈蓉匡助因此族中人誰敢觸逆了他他既和賈蓉最好今見有人欺負秦鍾如何肯依如今自已要挺身出來報不平心中且忖度一番金榮賈瑞一等人都是薛大叔的相知我又與薛大叔相好倘或我一出頭他們告訴了老薛我們

了一書黑水賈菌如何依得便罵好囚攮的們這不都動了手
了麽罵着也便抓起硯磚來要飛賈藍是個省事的忙按住硯
磚極口勸道好兄弟不與偺們相干賈菌如何忍得見按住硯
磚他便兩手抱書篋子來照這邊摅了來終是身小力薄却摅
不到反摅至寶玉桊鍾案上就落下來了只聽嘩啷一响砸在
桌上書本紙片筆硯等物撒了一桌又把寶玉的一碗茶也砸
得碗碎茶流那賈菌即便跳出來要揪打那飛硯的人金榮此
時隨手抓了一根毛竹大板在手地狹人多那裡經得舞動長
板茗烟早吃了一下亂嚷你們還不來動手寶玉還有幾個小
厮一名掃紅一名鋤藥一名墨雨這三個豈有不淘氣的一齊

亂嚷小婦養的動了兵器了墨雨遂掇起一根門閂掃紅鋤藥
手中都是馬鞭子蜂擁而上賈瑞急得攔一回這個勸一回那
個誰聽他的話肆行大亂衆頑童也有帮着打太平拳助樂的
也有胆小藏過一邊的也有立在桌上拍着手亂笑喝着聲兒
叫打的登時鼎沸起來外邊幾個大僕人李貴等聽見裡邊作
反起來忙都進來一齊喝住問是何故衆聲不一這一個如此
說那一個又如彼說李貴且喝罵了茗烟等四個一頓攆了出
去秦鍾的頭早撞在金榮的板上打去一層油皮寶玉正拿褂
襟子替他揉見喝住了衆人便命李貴收書拉馬來我去回太
爺去我們被人欺負了不敢說別的守禮來告訴瑞大爺瑞大

爺反派我們的不是聽着人家罵我們還調唆人家打我們茗烟兒人欺負我他豈有不為我的他們反打夥兒打了茗烟連秦鍾的頭也打破了還在這裡念書麼李貴勸道哥兒不要性急太爺既有事囘家去了這會子為這點子事去聒噪他老人家到顯的偺們没禮似的依我的主意那裡的事情那裡了結何必驚動老人家這都是瑞大爺的不是太爺不在這裡你老人家就是這學裡的頭腦了衆人看你行事衆人有了不是該打的打該罰的罰如何等鬧到這步田地還不管賈瑞道我吆喝着都不聽李貴道不怕你老人家惱我素日你老人家倒底有些不是所以這些兄弟不聽就鬧到太爺跟前去連你老人

家也脫不了的還不快作主意撕羅開了罷寶玉道撕羅什麼我必要囘去的秦鍾哭道有金榮在這裡我是要囘去的了寶玉道這是為什麼難道別人家來得偺們倒來不得的我必囘明白衆人攆了金榮去又問李貴這金榮是那一房的親友李貴想一想道也不用問了若說起那一房親戚更傷了兄弟們和氣茗烟在窗外道他是東衚衕裡璜大奶奶的姪兒那是什麼硬掙仗腰子的也來唬我們璜大奶奶是他姑媽你那姑媽只會打旋磨兒給我們璉二奶奶跪着借當頭我眼裡就看不起他那樣主子奶奶李貴忙喝道偏這小狗養的知道有這些蛆嚼寶玉冷笑道我只當是誰的親原來是璜嫂子的侄兒我就

去問他說着便要走叫茗烟進來包書茗烟進來包書又得意洋洋的道爺也不用自巳去見他等我去他家就說老太太有話問他呢僱上一輛車子拉進去當着老太太問他豈不省事李貴忙喝道你要死仔細囬去我好不好先捶了你然後囘老爺太太就說寶哥全是你調唆的我這裡好容易勸哄的好了一半你又來生了新法兒你鬧了學堂不說變個法兒壓息了纔是倒還往火裡奔烟方不敢做聲此時賈瑞也生恐鬧不清自巳也不干凈只得委曲着來央告秦鍾又央告寶玉先是他二人不肯後來寶玉說不囘去也罷了只叫金榮賠不是便罷金榮先是不肯後來經不得賈瑞也來逼他權賠個不是李貴

等只得好勸金榮說原是你起的端你不這様怎得了局金榮强不得只得與秦鍾作了揖寶玉還不依定要磕頭賈瑞只要暫息此事又悄悄的勸金榮說俗語云忍得一時忿終身無惱悶不知金榮從也不從下囘分解

紅樓夢第九回

紅樓夢第十回

金寡婦貪利權受辱　張太醫論病細窮源

話說金榮因人多勢衆又兼賈瑞勒令賠了不是給秦鍾磕了頭寶玉方纔不吵鬧了大家散了學金榮自巳回到家中越想越氣說秦鍾不過是賈蓉的小舅子又不是賈家的子孫附學讀書也不過和我一樣他因仗着寶玉同他相好就目中無人既是這樣就該行些正經事也没的說他素日又和寶玉鬼鬼祟祟的只當人多是瞎子看不見今日他又去勾搭人偏偏撞在我眼裡就是鬧出事來我還怕什麽不成他母親胡氏聽見他咕咕唧唧的說你又要管什麽閒事好容易我望你姑媽說

了你姑媽又千方百計的向他們西府裡璉二奶奶跟前說了你纔得了這個念書的地方若不是仗着人家偺們家裡還有力量請得起先生麽况且人家學裡茶飯都是現成的你這二年在那裡念書家裡也省好大的嚼用呢省出來的你又愛穿件鮮明衣服再者因你在那裡念書你就認得什麽薛大爺了那薛大爺一年也幫了偺們七八十兩銀子你如今要鬧出了這個學房若再要找這樣一個地方我告訴你說罷比登天的還難呢你給我老老實實的頑同子睡你的覺去好多着的呢于是金榮忍氣吞聲不多一時也自睡覺了次日仍就上學去了不在話下且說他姑娘原來給的是賈家玉字輩的嫡派名

喚賈璜但其族人那裡皆能像寧榮二府的富勢原不用細說這賈璜夫妻守着些小小的產業又時常到寧榮二府裡去請安又會奉承鳳姐兒并尤氏所以鳳姐兒尤氏也時常資助貧助他方能如此度日今日正遇天氣晴明又值家中無事遂帶了一個婆子坐上車來家裡走走瞧瞧寡嫂並姪兒閑說之間金榮的母親偏提起昨日賈家學房裡的事從頭至尾一五一十都向他小姑子說了這璜大奶奶不聽則已聽了怒從心上起說道這秦鍾小子是賈門的親戚難道榮兒不是賈門的親戚人多別要勢利了况且多做的是什麼有臉的事就是寶玉也不犯向着他到這個田地等我去到東府瞧瞧我們珍大奶

奶再和秦鍾的姐姐說說叫他評評這個理這金榮的母親聽了急的了不得忙說這都是我的快嘴告訴了姑奶奶求姑奶奶快別去說罷別管他們誰是誰非倘或鬧出來怎麼在這裡站得住若站不住家裡不但不能請先生反在他身上添出許多嚼用來呢璜大奶奶說道那裡管得許多你等我說了看是怎麼樣也不容他嫂子勸一面叫老婆子瞧了車坐了望寧府裡來到了寧府進了東角門下了車進去見了賈珍的妻子尤氏未敢氣高殷殷勤勤叙過了寒溫說了些閒話方問道今日怎麼沒見蓉大奶奶尤氏說他這些日子不知怎麼經期有兩個多月沒有來叫大夫瞧了又說並不是喜那兩日到下半日

就懶怠動了話也懶怠說眼神發眩我叫他你且不必拘禮早晚不必照例上來你竟養養罷就是有親戚來還有我呢就有長輩怪你等我替你告訴連蓉哥我都囑咐了我說你不許累掯他不許招他生氣叫他好生靜養就好了他要想什麼吃只管到我這裡來取倘或他有個好歹你再要娶這一個媳婦兒這麼個模樣兒這麼個性情兒只怕打着燈籠兒也沒處去找呢他這爲人行事那個親戚那個長輩不喜歡他所以我這兩日好不心煩偏生今兒早起他兄弟來瞧他誰知他那小孩子家不知好歹看見他姐姐身上不好這些事也不當告訴他就受了萬分委曲也不該向着他說誰知昨日學房裡打架不知是那裡附學的學生倒欺負了他裡頭還有些不乾不淨的話都告訴了他姐姐嬸子你是知道的那媳婦雖則見了人有說有笑的他可心細心又多不拘聽見什麼話兒多要忖量個三日五夜纔罷這病就是從這用心太過上得來的今兒聽見有人欺負了他的兄弟又是惱又是氣惱的是那狐朋狗友搬是弄非調三惑四氣的是爲他兄弟不學好不上心讀書以致如此學裡吵鬧他爲了這事索性連早飯還沒吃我纔到他那邊安慰了他一會又勸解了他的兄弟幾句我叫他兄弟到那邊府裡找寶玉兒去了我又瞧着他吃了半盞燕窩湯我纔過來的嬸子你說我心焦不心焦況且今又沒個好大夫我想

到他這病上我心裡如同針扎一般你們知道有什麼好大夫沒有金氏聽了這一番話把方纔在他嫂子家的那一團要向秦氏理論的盛氣早嚇的丟在爪窪國去了聽見尤氏問他好大夫的話連忙答道我們也沒聽見人說什麼好大夫如今聽起大奶奶這個病來定不得還是喜呢嫂子倒別教人混治倘若治錯了可了不得尤氏道正是呢說話之間賈珍從外進來見了金氏便問尤氏道這不是璜大奶奶麼金氏向前給賈珍請了安賈珍向尤氏說讓這大妹妹吃了飯去賈珍說着話便向那屋裡去了金氏此來原要向秦氏說秦鍾欺負他兄弟的事聽見秦氏有病連提也不敢提了況且賈珍尤氏又待的甚

好因轉怒爲喜的又說了一會子閒話方家去了金氏去後賈珍方過來坐下問尤氏道今日他來有什麼說的尤氏答道倒沒說什麼一進來臉上倒像有些着惱的氣色似的及至說了半天話又提起媳婦的病他倒漸漸的氣色平靜了你又叫留他吃飯他聽見媳婦這樣的病也不好意思只管坐着又說幾句閒話就去了倒沒有求什麼事如今且說媳婦這病你那裡尋一個好大夫給他瞧瞧要緊可別耽悞了現今咱們家走的這羣大夫那裡要得一個個都是聽着人的口氣兒人怎麼說他也添幾句文話兒說一遍可到殷勤的狠三四個人一日輪流着倒有四五遍來看脉大家商量着立個方兒吃了也不見

效倒弄得一日三五次換衣服坐起來見大夫其實于病人無益賈珍說可是這孩子也糊塗何必又脫脫換換的倘或又着了凉更添一層病還了得任憑什麼好衣裳又值什麼呢孩子的身体要緊就是一天穿一套新的也不值什麼我正要告訴你方纔馮紫英來看我他見我有些抑鬱之色問我是怎麼了我告訴他媳婦身子大不爽快因爲不得個好太醫斷不透是喜是病又不知有妨碍無妨碍所以我心裡實在着急馮紫英因說他有一個幼時從學的先生姓張名友士學問最淵博更兼醫理極精且能斷人的生死今年是上京給他兒子捐官現在他家住着呢這樣看來或者媳婦的病該在他手裡除災也

未可定我已叫人拿我的名帖去請了今日天晚或未必來明日想一定來的且馮紫英又回家親替我求他務必請他來瞧的等待張先生來瞧了再說罷尤氏聽說心中甚喜因說後日又是太爺的壽日到底怎麼辦法賈珍說道我方纔到了太爺那裡去請安兼請太爺來家受一受一家子的禮太爺因說道我是淸凈慣了的我不愿意往你們那是非場中去你們必定說是我的生日要叫我去受些衆人的頭你莫如把我從前注的陰隲文給我好好的叫人寫出來刻了比叫我無故受衆人的頭還强百倍呢倘或明日後日這兩天一家子要來你就在家裡好好的欵待他們就是了也不必給我送什麼東西來連

你後日也不必來你要心中不安你今日就給我磕了頭去倘或後日你又跟許多人來鬧我我必和你不依如此說了後日我是再不敢去的了且叫來陞來吩咐他預備兩日的筵席尤氏因叫了賈蓉來吩咐來陞照例預備兩日的筵席要豐豐富富的你再親自到西府裡請老太太大太太二太太和你璉二嬸子來逛逛你父親今日又聽見一個好大夫已打發人請去了想明日必來你可將他這些日子的病症細細的告訴他賈蓉一一答應着出去了正遇着方纔到馮紫英家去請那先生的小子回來了因回道奴才方纔到了馮大爺家拿了老爺名帖請那先生去那先生說道方纔這裡大爺也向我說了但是

今日拜上一天的客纔回到家此時精神實在不能支持就是去到府上也不能看脉須得調息一夜明日務必到府他又說醫學淺薄本不敢當此重薦因馮大爺和府上既已如此說了又不得不去你先代我回明大人就是了大人的名帖着實不敢當仍叫奴才拿回來了哥兒替奴才回一聲兒賈蓉復轉身進去回了賈珍和尤氏的話方出來叫了來陞吩咐預備兩日的筵席的話來陞聽畢自去照例料理不在話下且說次日午間門上人回道請的那張先生來了賈珍遂延入大廳坐下茶畢方開言道昨日承馮大爺示知老先生人品學問又兼深通醫學小弟不勝欽敬張先生道晚生粗鄙下士知識淺陋昨因

馮大爺示知大人家第謙恭下士又承呼喚敢不奉命但毫無實學倍增汗顏賈珍道先生不必過謙就請先生進去看看兒婦仰仗高明以釋下懷于是賈蓉同了進去到了內室見了秦氏向賈蓉說道這就是尊夫人了賈蓉道正是請先生坐下讓我把賤內的病症說一說再看脉何如那先生道依小弟意下竟先看脉再請教病源爲是我初造尊府本也不知道什麼但我們馮大爺務必叫小弟過來看看小弟所以不得不來如今看了脉息看小弟說得是不是再將這些日子的病勢講一講大家斟酌一個方兒可用不可用那時大爺再定奪就是了賈蓉道先生實在高明如今恨相見之晚就請先生看一看脉息

可治不可治得以使家父母放心于是家下媳婦們捧過大迎枕來一面給秦氏靠着一面拉着袖口露出手腕來這先生方伸手按在右手脉上調息了至數凝神細診了半刻工夫換過左手亦復如是診畢了說道我們外邊坐罷賈蓉于是同先生到外邊屋裡坑上坐了一個婆子端了茶來賈蓉道先生請茶茶畢問道先生看這脉息還治得治不得先生道看得尊夫人脉息左寸沉數左關沉伏右寸細而無力右關需而無神其左寸沉數者乃心氣虛而生火左關沉伏者乃肝家氣滯血虧右寸細而無力者乃肺經氣分太虛右關需而無神者乃脾土被肝木剋制心氣虛而生火者應現今經期不調夜間不寐肝家

血虧氣滯者應脇下痛脹月信過期心中發熱肺經氣分太虛者頭目不時眩暈寅卯間必然自汗如坐舟中脾土被肝木剋制者必定不思飲食精神倦怠四肢酸軟據我看這脉當有這些症候纔對或以這個的爲喜脉則小弟不敢聞命矣旁邊一個貼身伏侍婆子道何嘗不是這樣呢真正先生說得如神倒不用我們說的了如今我們家裡現有好幾位太醫老爺瞧着呢都不能說得這樣真切有的說道是喜有的說道是病這位說不相干這位又說怕冬至前後總沒有個真着話兒求老爺明白指示指示那先生說大奶奶這個症候可是衆位耽閣了要在初次行經的時候就用藥治起只怕此時已全愈了如今既是把病耽悞到這地位也是應有此灾依我看起來病到尚有三分治得吃了我這藥看若是夜間睡的着覺那時又添了二分拿手了據我看這脉息大奶奶是個心性高强聰明不過的人但聰明太過則不如意事常有不如意事常有則思慮太過此病是憂慮傷脾肝木忒旺經血所以不能按時而至大奶奶從前行經的日子問一問斷不是常縮必是常長的是不是這婆子答道可不是從沒有縮過或是長兩日三日以至十日不等都長過的先生聽道是了這就是病源了從前若能以養心調氣之藥服之何至於此這如今明顯出一個水虧火旺的症候來待我用藥看于是寫了方子遞與賈蓉上寫的是

益氣養榮補脾和肝湯

人參　白朮　雲苓　熟地
歸身　白芍　川芎　黃芪
香附米　醋柴胡　懷山藥　真阿膠
延胡索　炙甘草

引用建蓮子七粒去心大棗二枚

賈蓉看了說高明的狠還要請教先生這病與性命終久有妨無妨先生笑道大爺是最高明的人人病到這個地位非一朝一夕的症候了吃了這藥也要看醫緣了依小弟看來今年一冬是不相干的揔是過了春分就可望全愈了賈蓉也是個聰

明人也不往下細問了于是賈蓉送了先生去了方將這藥方子並脉案都給賈珍看了說的話也都回了賈珍並尤氏了尤氏向賈珍道從來大夫不像他說的痛快想必用藥不錯的賈珍道人原來不是混飯吃的久慣行醫的人因為馮紫英我們相好他好容易求了他來的既有了這個人媳婦的病或者就能好了他那方子上有人參就用前日買的那一觔好的罷賈蓉聽說畢話方出來叫人打藥去煎給秦氏吃不知秦氏服了此藥病勢何如且聽下回分解

紅樓夢第十回終